大象哈努
奔向自由的旅程
SAVING H'NON
Chang and the Elephant

阮莊 TRANG NGUYEN 著

吉特・茲東 JEET ZDUNG 繪

盧相如 譯

2

大象哈努
奔向自由的旅程

致哈努。感謝你教會我們去愛。
你將永遠在我們心中⋯⋯

各位讀者：

完成《守護馬來熊的女孩：再見，索亞！》這本書之後，年輕的保育員小嫦要繼續踏上嶄新的旅程，守護陸地上最大的動物——大象們！

這個故事是根據真實事件所寫，大象哈努（H'Non）高齡六十歲，是一頭亞洲象。牠在四歲時，被人從越南的森林將牠從母親的身邊帶走，被迫在建築工地搬運沉重的木頭和水泥柱，直到虛弱得無法從事吃重的工作。後來，牠繼續幫人類做讓觀光客騎乘的工作，藉此招徠生意，卻鎮日工作，不得休息。等到我與牠見面時，哈努已經脊椎受損、尾巴受傷、腿部骨折。

我和一個名為亞洲動物基金會（Animals Asia Foundation, AAF）的荒野動物保護組織一起，最後拯救了哈努。這本書描述了牠的旅程、牠的生活，以及許多從事苦力與「馴養」大象的生活。故事中，小嫦與基金會工作者、計畫經理狄翁和年輕善良的大象養育員瓦特，一塊照料哈努，幫助牠恢復健康，並教導牠回歸大自然生活。

2021年4月，現實生活中的哈努因年長與合併舊傷而病逝，多虧基金會的幫助，使哈努在餘生最後幾年能過著健康快樂的生活。在這段短暫的期間，牠幫助我們變成更懷有同理與同情心的野生動物保育員。如果牠從此不想再與人類有任何瓜葛，我們沒有人會責怪牠。然而，牠卻給了我們人類牠的友誼與信任。

親愛的讀者們：我希望哈努的故事能夠帶給你力量，讓你成為一個更好的自己。願你窮盡自己的一份心力，保護野生動物，以及牠們在大自然的家園。

象群們應該待在牠們所屬的野外、大自然，並享有自由。

阮莊

鈍葉龍腦香
(Dipterocarpus obtusifolius)

果實翅膀能捕捉風，使種子隨風飛行

果實（這個部分內含有種子）

葉片大且多毛

花朵

像一顆展開的星星

龍腦香的花

幼果

葉子可以用來搭蓋屋頂。

小瘤龍腦香
(Dipterocarpus tuberculatus)

樹皮厚，不易燃燒

葉片很寬

果實

翼柄決明
(Senna alata)

葉蜂媽媽聚集在花朵周圍

常用於治療皮膚真菌感染，如癬。

越南大麂
(Muntiacus Vuquangensis)

鹿鹿會互相呼喚彼此，叫聲很大

該物種處於極度瀕危狀態，這意味着它極有可能滅絕（消失）。

訶梨勒
(Terminalia chebula)

喜歡陽光，經常生長在河流和溪流附近。落葉林中許多植物，在充足的陽光和濕潤的土壤中更加茁壯生長。

訶梨勒的花朵

泰國娑羅雙的花朵和果實
(Shorea siamensis)

香坡壘樹
(Hopea odorata)

大果紫檀
(Pterocarpus macrocarpus)

果實從植株上脫落後，會變得乾燥、呈褐色。

「落葉林」的當地語言是「Rừng khộp」，意思是指「貧瘠的森林」。

在植物學研究中，「落葉」的意思是指「成熟時脫落」，因為這些樹木會在乾季落葉。

小瘤龍腦香

鈍葉龍腦香

落葉林通常會在乾季發生森林大火。那屯國家公園落葉林中，多數樹木屬於龍腦香科。質地如軟木塞的厚樹皮，可以防止燃燒。

那屯國家公園是越南第二大國家公園

在當地的姆農語中，「Yok」意為「山」，「Don」意為「島」

那屯山

小嬋的筆記和速寫

印度野牛
亞洲胡狼
大鵰
亞洲巨龜
亞洲象
棕鼯鼠

根據那屯國家公園形狀設計的幾種野生動物速寫！

那屯山的最高峰約為428公尺！這片位於那屯國家公園的常綠森林被落葉林所包圍，形成了獨特的生態系。在越南，大部分森林都是熱帶雨林。

那屯是越南唯一擁有並保育（意指保護）落葉林生態系的國家公園。

7

爪哇野牛
(*Bos javanicus*)

小環頸鴴
(*Charadrius dubius*)

亞洲豺犬群
捕食水鹿

印度野牛
(*Bos gaurus*)

魚鷹
(*Pandion haliaetus*)

亞洲豺犬
(*Cuon alpinus*)

落葉林內部
有很大的空間，
使這裡成為
大型動物
（如大象和野牛）
的理想家園。

小禿鸛

(*Leptoptilos javanicus*)

馬錢子
(*Strychnos nux-vomica*)

小心！這種
植物的種子
有毒。

排錢樹
(*Phyllodium pulchellum*)

樹皮和花
可入藥。

肉垂麥雞
(*Vanellus indicus*)

千年健

(*Homalomena
occulta*)

在那屯國家公園
還可以發現更多動植物。

8

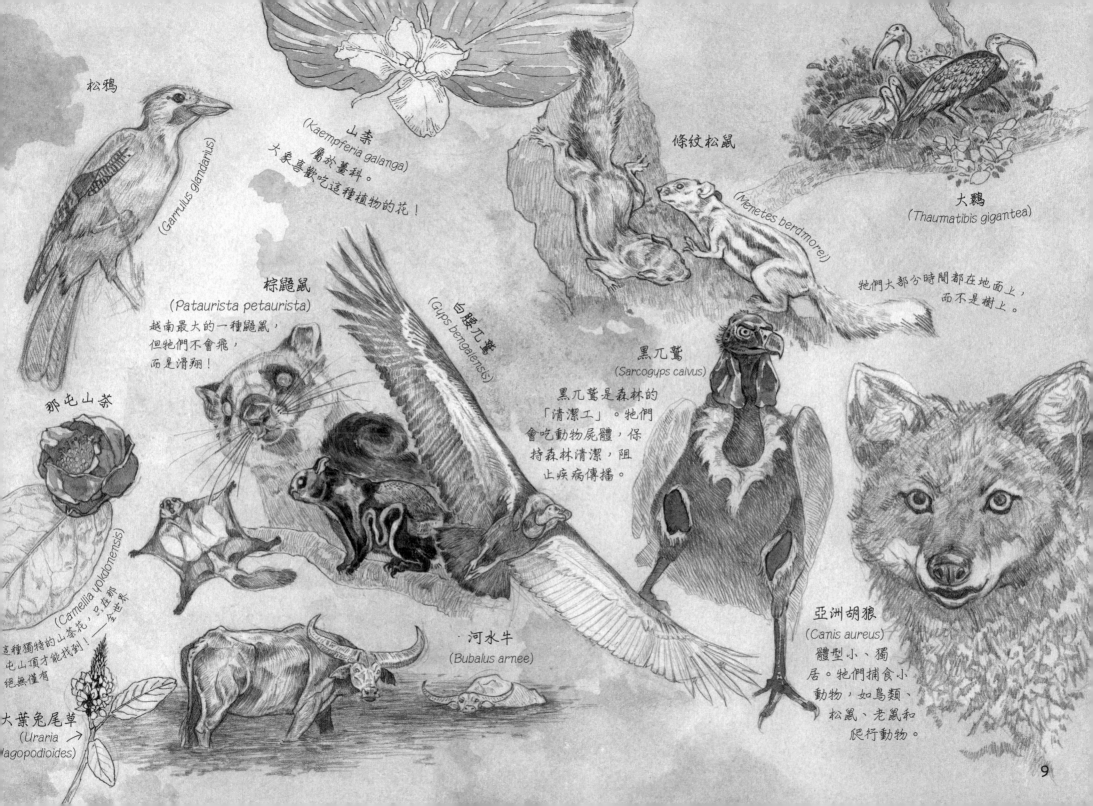

松鴉
(Garrulus glandarius)

山柰
(Kaempferia galanga)
屬於薑科。
大象喜歡吃這種植物的花！

條紋松鼠
(Menetes berdmorei)

大鷁
(Thaumatibis gigantea)

牠們大部分時間都在地面上，
而不是樹上。

棕鼯鼠
(Pataurista petaurista)
越南最大的一種鼯鼠，
但牠們不會飛，
而是滑翔！

白腰兀鷲
(Gyps bengalensis)

黑兀鷲
(Sarcogyps calvus)

黑兀鷲是森林的
「清潔工」。牠們
會吃動物屍體，保
持森林清潔，阻
止疾病傳播。

那屯山茶
(Camellia yokdomensis)
這種獨特的山茶花，只在那
屯山頂才能找到！——全世界
絕無僅有

大葉兔尾草
(Uraria
lagopodioides)

河水牛
(Bubalus arnee)

亞洲胡狼
(Canis aureus)
體型小、獨
居。牠們捕食小
動物，如鳥類、
松鼠、老鼠和
爬行動物。

9

雨季

雨量高達1789毫米，植物變得青翠蓊鬱。池塘和湖泊充滿了水，豐富的食物來源吸引了眾多大小野生動物。

乾季

這個季節天氣嚴酷、乾燥。陽光強烈，讓人感覺灼熱。樹木會有落葉，森林大火的風險升高。野生動物的水源和食物變得稀少。

乾季，
那屯的清晨。

我叫小嬙，

我是野生動物保育員

10

我要告訴
你的故事是
關於……

哈努。

11

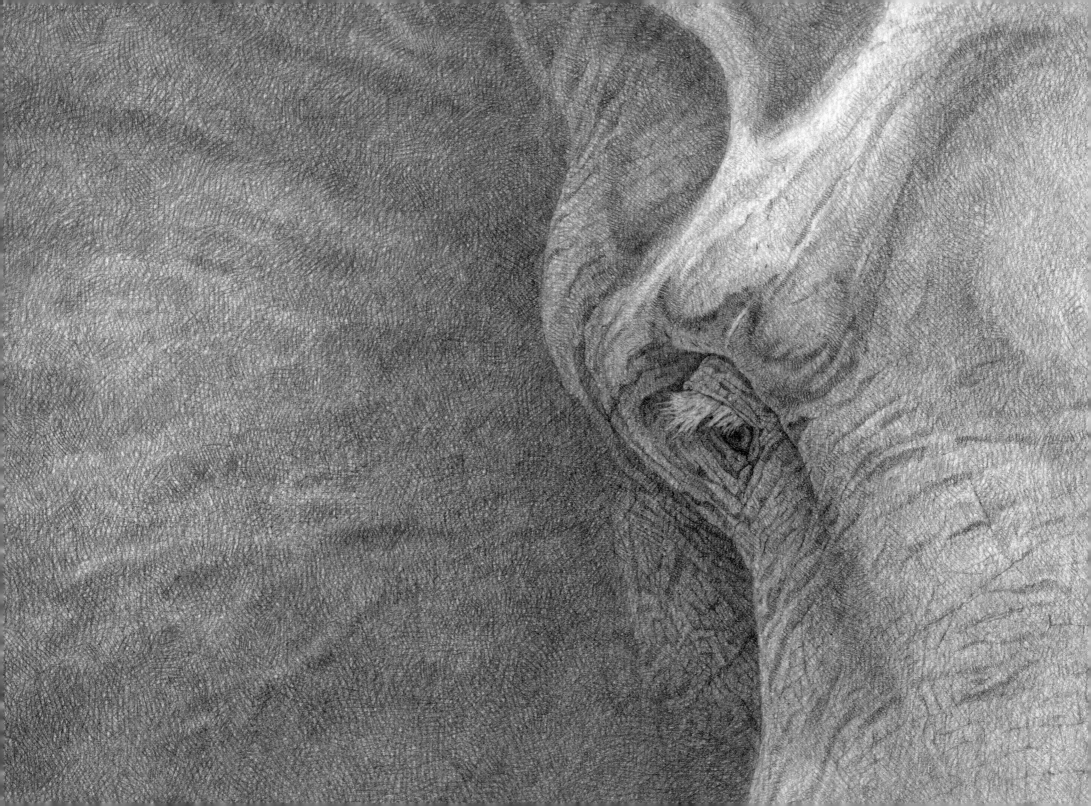

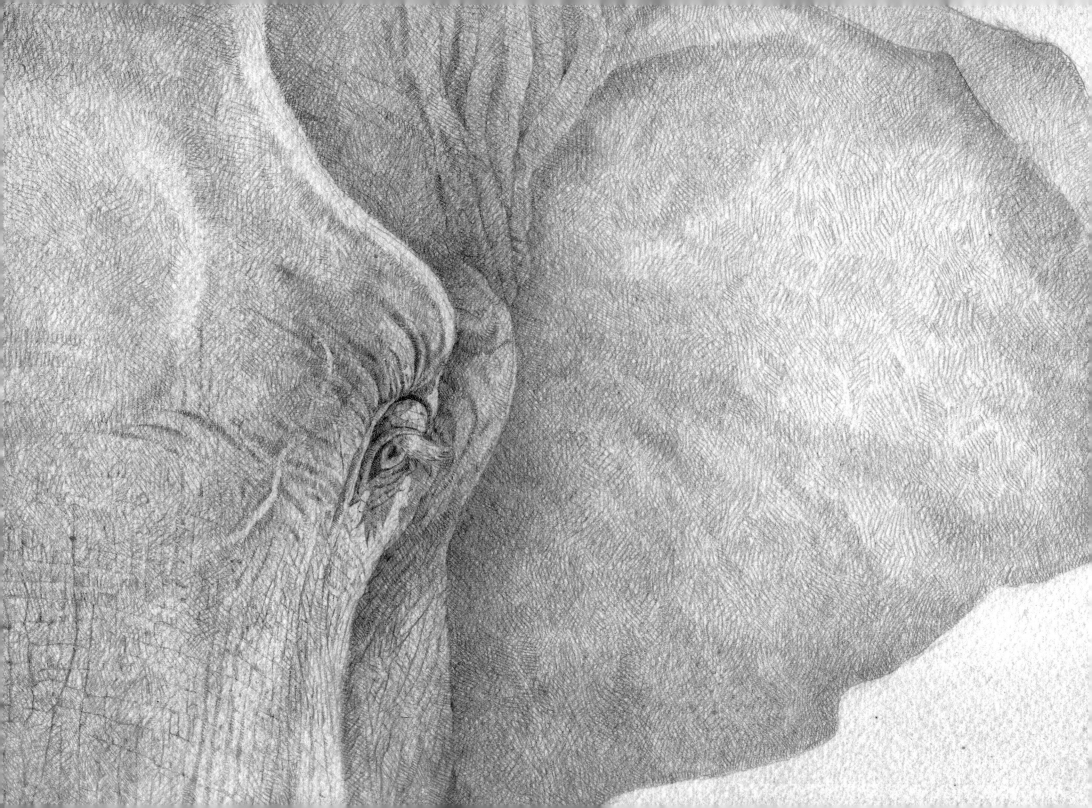

第一章

大象

是地球上最大的陸生哺乳動物。

牠們屬於長鼻目的象科。拉丁文中，
「proboscis」意指「長鼻子」。

過去，長鼻目大約有180個物種。現在，
長鼻目只剩下象科動物存活了。

現代大象與曾經生活在地球上的某些最大
動物，如已經滅絕的猛獁象和古菱齒象，
都是同一科的。

小嬋的筆記和素描

非洲象的象鼻

兩個「指突」

只有一個「指突」

亞洲象的象鼻

大象依靠搧動耳朵來溝通和降溫。搧動耳朵可以使耳朵裡的血液冷卻，降溫後的血液會循環到身體各部位。

凹背（向內凹陷）

亞洲象的頸有兩個突起，而非洲象的頸只有一個突起。

亞洲象的身體比非洲象小得多，也比較圓。

凸背（向外拱起）

非洲象的耳朵比亞洲象的大得多。

非洲象生活在非洲西部和中部。

公象和母象都有象牙。但雌性亞洲象的象牙非常小，根本經常看不到！

亞洲象生活在東亞和東南亞。

現存的大象有三種：

1. 非洲草原象
(Loxodonta africana)

2. 非洲森林象
(Loxodonta cyclotis)

3. 亞洲象
(Elephas maximus)

越南的大象是亞洲象。

亞洲象有四個亞種：

• 印度象
(Elephas maximus indicus)

• 錫蘭象
(Elephas maximus maximus)

• 蘇門答臘象
(Elephas maximus sumatranus)

• 婆羅洲侏儒象
(Elephas maximus borneensis)

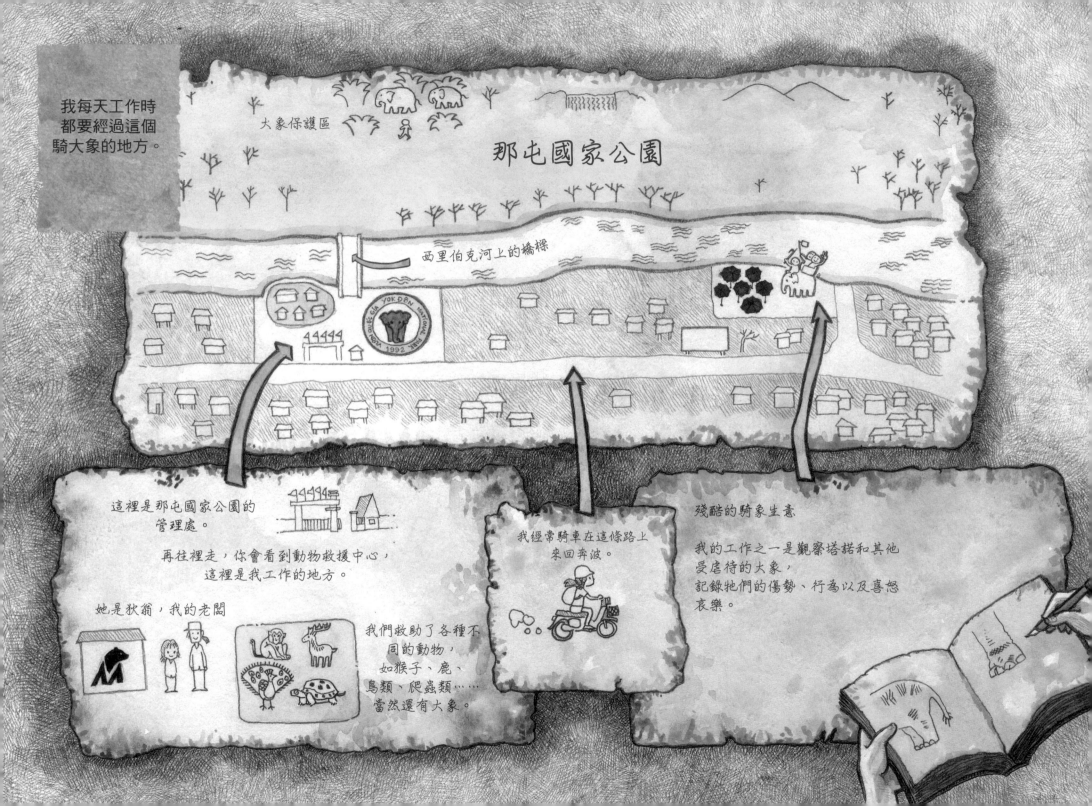

我每天工作時都要經過這個騎大象的地方。

大象保護區

那屯國家公園

西里伯克河上的橋樑

YOK DON NATIONAL PARK 1992

這裡是那屯國家公園的管理處。

再往裡走，你會看到動物救援中心，這裡是我工作的地方。

她是狄翁，我的老闆

我們救助了各種不同的動物，如猴子、鹿、鳥類、爬蟲類……當然還有大象。

我經常騎車在這條路上來回奔波。

殘酷的騎象生意

我的工作之一是觀察塔諾和其他受虐待的大象，記錄牠們的傷勢、行為以及喜怒哀樂。

由於人類非法獵殺大象（盜獵），大象正瀕臨滅絕。獵人經常為了象牙而殺死大象，然後將象牙賣掉。

在亞洲，野生大象還面臨著被捕捉及訓練、為人類工作的風險。

牠們大多數不得不在惡劣的條件下生活。

牠們飽受毆打、挨餓、沒有獲得醫療照顧，還要從事身體不適合勝任的工作。

大象在自然界中非常重要。自從野生大象的數量減少後，依靠牠們生存的動植物數量也在減少。

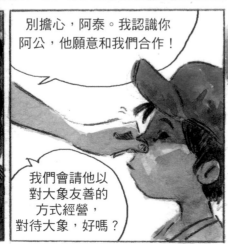

那屯國家公園，越南西原。

第二章

我的老闆狄翁來自荷蘭。她來越南是為了在亞洲動物基金會工作，她在西原已工作多年。狄翁喜歡所有的動物，尤其是大象。

在與包括熊在內的各種野生動物打交道之後，我決定要更加了解大象。我就是這樣認識狄翁的。

當心！

住手！

讓開！

啪 嚓

糟了！哈努的醫藥包！

哈努！

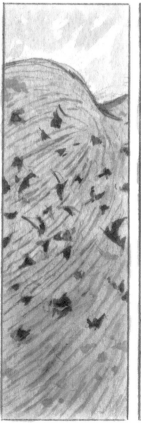

你怎麼這麼殘忍？！

喲……哪裡冒出來的傢伙？

第一次見到哈努時，牠不但受了重傷，而且挨餓很久。

冷靜點！

哈努的主人是一名暴力的象夫（意為大象馴練師和照顧者）。

哈努都六十歲了，你還讓遊客騎在牠身上？

牠的脊椎因為載客受傷，腿部也幾乎都骨折了！

冷靜

你經常痛毆牠，牠的左眼因為這樣瞎了，都怪你！

我管不了那麼多！如果不讓牠載客，我拿什麼養家？

我是牠的主人！我想怎麼訓練牠是我的事！

你去讓遊客騎在身上，試試看！不要再虐待哈努了！

我都六十歲了！

你要遊客把我當大象騎！？

冷靜點！

冷靜點！

冷靜點！

冷靜點！

冷靜點！

？

？

...

...

你一直要我們兩個冷靜點，是不是？

噢！對，沒錯！

小嫦，你去照顧、查看哈努的傷勢。

狄翁還在學習說越南語，但她總是不忘提醒我，照顧受傷的動物永遠是第一順位，無論牠的主人是誰。

狄翁和我盡我們所能
處理完哈努的傷口後，
我們試圖說服象夫讓牠休息，
讓我們繼續治療牠的傷。

但是他不答應。

哈努仍需要替主人
掙錢，儘管牠又老
又病，腿也斷了。

我們先回
基金會，
小嫦，

我得打幾通
電話

儘管象夫拒絕我們的
請求，狄翁卻下定了
決心。

如果她不能拯救哈努，
我們沒有人可以辦到。

第三章

到了深夜，我還是睡不著

擔心死了……

但是拯救大象跟拯救馬來熊不同

我無法闔上眼睛！

圈養熊是非法的。但飼養大象則不違法。根據現行法律，哈努的殘忍象夫是牠的合法主人。

咕嚕咕嚕咕嚕

哎呦！

我們無能為力……

我很想幫狄翁，但救助大象，我的經驗還不夠。

在來那屯之前，我有很多拯救馬來熊和亞洲黑熊的經驗。

在越南，野生熊經常被獵殺和捕獲。幼熊也經常被當作寵物販售。我曾在一個名為「自由熊基金會」的組織，幫助營救這些被捕獲的熊，照顧牠們，讓牠們恢復健康，如果可能的話，再野放牠們回到大自然。

……除非我們能說服牠的主人，讓我們幫助牠。

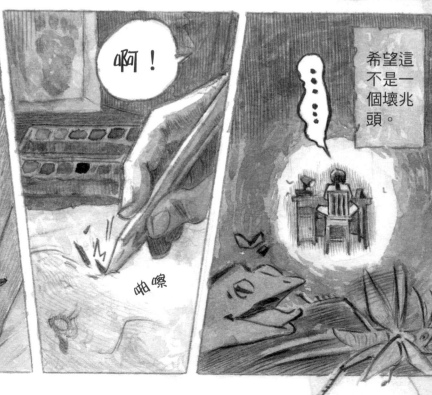

啊！

希望這不是一個壞兆頭。

……

帕嚓

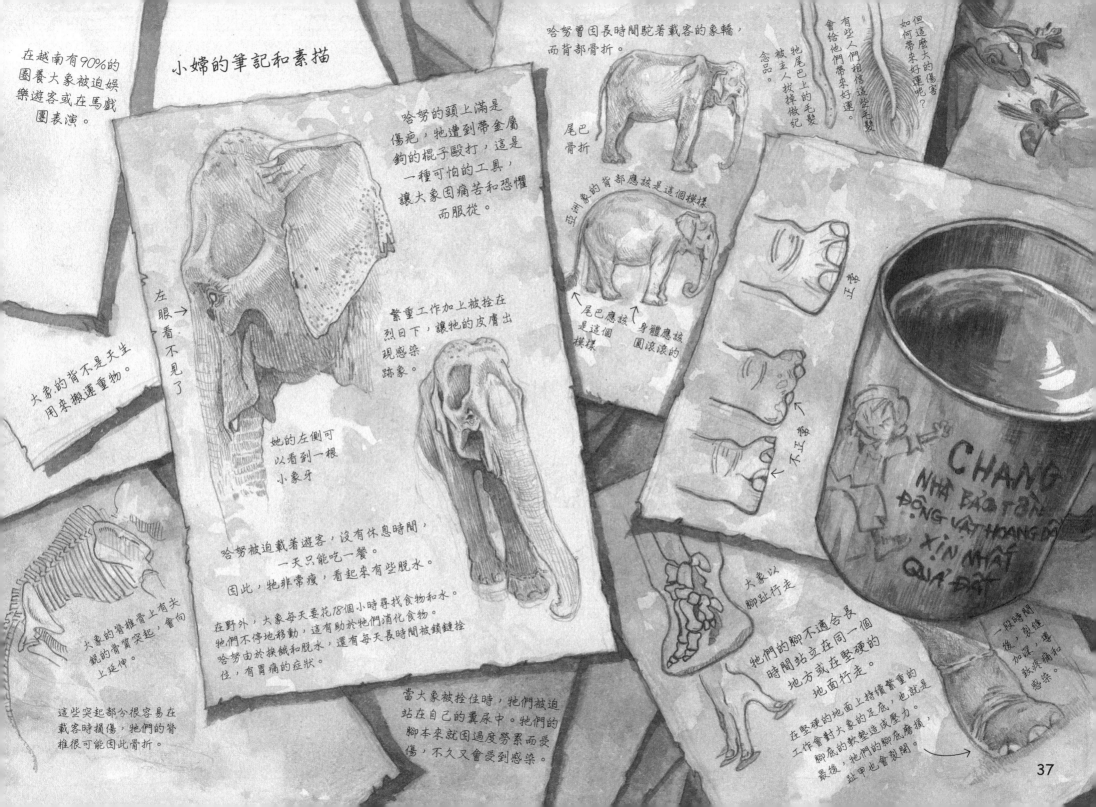

在越南有90%的圈養大象被迫娛樂遊客或在馬戲圈表演。

小嬋的筆記和素描

哈努曾因長時間馱著載客的象轎，而背部骨折。

有些人們相信擁有這些毛髮會給他們帶來好運。

牠尾巴上的毛髮被主人拔掉做紀念品。

但這麼大的傷害如何為他們帶來好運呢？

尾巴骨折

哈努的頭上滿是傷疤，牠遭到帶金屬鉤的棍子毆打，這是一種可怕的工具，讓大象因痛苦和恐懼而服從。

亞洲象的背部應該是這個模樣

尾巴應該是這個模樣

身體應該圓滾滾的

大象的背不是天生用來搬運重物。

左眼→看不見了

她的左側可以看到一根小象牙

繁重工作加上被拴在烈日下，讓牠的皮膚出現感染跡象。

正常

不正常

哈努被迫載著遊客，沒有休息時間，一天只能吃一餐。因此，牠非常瘦，看起來有些脫水。

在野外，大象每天要花18個小時尋找食物和水。牠們不停地移動，這有助於牠們消化食物。哈努由於挨餓和脫水，還有每天長時間被鎖鏈拴住，有胃痛的症狀。

大象的脊椎骨上有尖銳的骨質突起，會向上延伸。

這些突起部分很容易在載客時損傷，牠們的脊椎很可能因此骨折。

大象以腳趾行走

當大象被拴住時，牠們被迫站在自己的糞尿中。牠們的腳本來就因過度勞累而受傷，不久又會受到感染。

牠們的腳不適合長時間站立在同一個地方或在堅硬的地面行走。

在堅硬的地面上持續載重的工作會對大象的足底、腳底的軟墊造成壓力。最後，牠們的腳底磨損，趾甲也會裂開。

一段時間後，裂縫加深，導致疼痛和感染。

CHANG
NHÀ BẢO TỒN
ĐỘNG VẬT HOANG DÃ
XÍN NHẤT
QUẢ ĐẤT

37

四歲

哈努年僅四歲時，就被人類綁架，帶離牠的家人。

38

啊！

好焦慮……

出去跑個步和呼吸
新鮮空氣或有助於
穩定我的情緒。

汪！

汪！

嘿，丹！

噓

汪

小聲點，丹！
大家還在睡覺

秋雅、小洛，
你們也來了？
噓，
好乖，丹！

41

第四章

那天早上稍晚……

狗兒們都已經返回救援中心。

如果想在工作前，
小睡一會兒。
我得趕快回去補眠。

我遇到了一群水牛，牠們是住在國家公園附近的農民飼養的。

要去吃早餐？

那就請吧。

牛群的首領小心翼翼地注視著我。
我們所在的橋不夠大，我無法繞過牠們，而不令牠們感到緊張。

好了，沒事！

我讓開就是了……

踢躂踢躂！

踢躂踢躂！

踢躂踢躂！

牠們追上來了……

轟隆！ 轟隆！

轟隆！ 轟隆！

水牛大軍出動！

47

水牛一隻接著一隻朝著橋盡頭的草原奔去……

……但水牛首領從未把牠的眼睛從我身上移開，一直盯著我。

哇！你總是保持高度警覺，是吧？

哼！

牠和其他幾頭公牛負責護衛母牛和小牛，確保我不會跟著牠們前去草原。

儘管被人類照料了幾個世代……

……這些水牛從祖先那裡繼承下來的保護天性仍十分強大。

再見，水牛

跟著水牛奔跑了一段路後，我已經筋疲力盡。但我心裡仍惦記著哈努。

哈努的母親一定很想保護牠，就像這些水牛想保護自己的小水牛。

大象的孕期長達22個月，幾乎長達兩年……

哈努被人類從牠的母親身邊帶走時，只有四歲——還只是一隻年幼的象寶寶。牠的母親一定很想念牠。

第五章

響……叮

鈴……鈴

嗨，
狄翁
……

我只
睡了
5分鐘
吸鼻聲

什麼？
哈努？

牠在救援中心?!
我立刻趕過去！

昨晚，狄翁與哈努的主人做了商量。

他告訴狄翁，哈努每個月讓遊客騎大象可以替他賺取多少錢，狄翁和動物基金會於是籌措一筆費用，相當哈努為其工作18個月所賺的工資。

有了金錢作為交換的條件，哈努的主人答應牠和我們住在一起，並加入動物基金會的友善大象之旅的行程。

狄翁？
哈努！

髮型很酷喔，
小嫦！

這裡是18個
月的工資！

好！哈努任你們
處置！

接下來的一年半……

哈努將可以在那屯國家公園好好休養身體……

在這裡，牠可以在野外生活，享受自由自在。

大象友善之旅的遊程在越南算是創舉。
遊客不需要騎大象、不幫大象洗澡、也不餵食或觸摸大象，
而是徒步穿越森林，觀察大象在野外的快樂生活。

觀光客守則

享受在森林中健行的樂趣

保持安全的距離

請勿打擾大象

53

大多數參與該計畫的大象都有過
一段非常痛苦的過去。

和哈努一樣,牠們的精神也被可怕
的「訓練」所摧殘,牠們被鎖鍊栓
起來,毆打、挨餓,而且脫水。
牠們被迫在建築工地搬運重物,
讓遊客騎乘或在馬戲團表演。

牠們需要持續不間斷地工作
至少十到三十年,直到因病或
勞累過度而死亡。

免於痛苦、
傷害或疾病
的自由

表達正常行為
的自由

**我們的目標
是讓這些獲得
援救的大象,找回
牠們的五項自由**

免於生活
不適的自由

免於饑餓和
口渴的自由

免於恐懼和
憂慮的自由

大象友善之旅的遊程鼓勵遊客從安全距離觀察大象，並欣賞牠們的真實面貌：壯美的野生動物。

這麼做有助於讓人們認知大象在生態系扮演的重要角色，而這個生態系也意指動物與周遭環境的互動。

我們鼓勵一些大象的象夫參加這個計畫，如果他們願意的話，因為他們已有許多人與自己的大象合作了很長一段時間，並建立緊密的關係。

我們能有收入，大象也過得快樂。我希望我的大象成為「快樂的大象」。

但是，哈努無法直接加入在大象
保護區的象群生活。

牠不知道怎麼為自己尋找食物或
飲水，也不知道如何與其他
野生大象互動。

牠需要一個新同伴，還要一位
好的象夫……

……一個牠可以信任，且與大象
交流經驗豐富，且能支持牠的人。
牠的老象夫沒有興趣好好照顧牠，
只要牠服從命令。

於是，我向牠保證：

放心，我會
替你找個有
愛心的人。

57

我是有想過他，但是我擔心他不可靠

瓦特超……愛動物！

他們家每個人都喜歡動物！

他想要像他爸爸一樣當個象夫

有一次，他的阿嬤看見一隻小狗被一輛摩托車撞傷。她把牠帶回家，和瓦特一起照顧牠，直到小狗恢復健康。

他總是在街上撿流浪貓……

他們家現在成了貓窩。他媽媽一直告訴他：「瓦特！別再帶貓回家了，家裡臭死了！」

現在這隻狗會跟她一起上菜市場！她會用背帶，像揹一個嬰兒一樣，揹著牠。

我仍充滿疑問……
萬一我給瓦特一個機會，
然後他又不來呢？

如果哈努越來越信任他，
而他卻辜負了這種信任？

第六章

……儘管我很擔心……

你們好

你好！

遲到45分鐘，你最好找個理由解釋？

我迷路了！

騙人！

我相信你對森林比對你家的村子還清楚。

我的確……

……在村子裡迷路啊？

哈哈！你好嗎？我叫瓦特！

真不可思議⋯⋯

哈努竟主動跟瓦特打招呼！真稀奇！

牠一定在他身上看到了連我都沒發現的東西⋯⋯

就這樣，我們三人成為一個團隊。

但瓦特肩負艱難的任務。

在長期被虐待、只能唯命是從以來，哈努不再對自己的本能有信心。

即使沒有人用金屬鉤威脅牠，

而且牠就生活在一片廣闊的森林中，

即使牠沒有被鐵鍊拴住，可以去任何想去的地方，

哈努仍只佇立不動，站在原地。

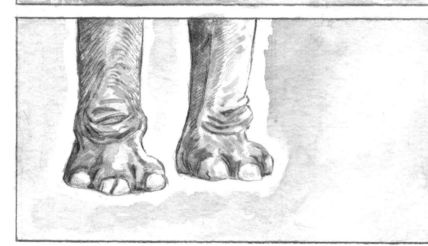

牠跟其他受虐待的大象一樣出現許多異常的行為。

成年的大象：
· 靜止不動
· 出現「求救舞」：前進3步，然後後退3步
· 不停地搖頭

小象：
· 站定不動
· 吸吮自己的象鼻
· 身體搖晃不停

在瓦特陪伴哈努時，我在一旁觀察並做記錄。

搖頭

身體搖晃，表示大象感到緊迫的壓力。

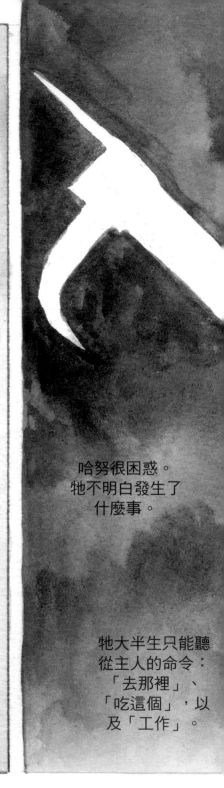

哈努很困惑。牠不明白發生了什麼事。

牠大半生只能聽從主人的命令：「去那裡」、「吃這個」，以及「工作」。

為了鼓勵哈努學會在野外照顧好自己，瓦特需要幫助牠瞭解自己的能力。

你瞧，哈努

這些是竹筍！

看起來很可口吧？

哈努只是站在那裡，盯著面前的竹筍。

表情像在問瓦特，「你要我拿這些竹筍幹嘛？」

哈努不知道是可以吃掉這些，還是要把筍子拔起來，或是要把它們搬運到別處，還是其他。

吃吧，哈努！這個可以吃！

哈努想在野外獨自生活的話，還有很長的路要走……

第七章

隔天一早……

準備好
花時間
一對一與
哈努為伴

噢！

瓦特竟然比
我早到！

嗯……
也許我可以
信任他。

瓦特不只前來
與哈努一塊
工作,而且還
起了大早!

總之,這是
個不錯的
開始。

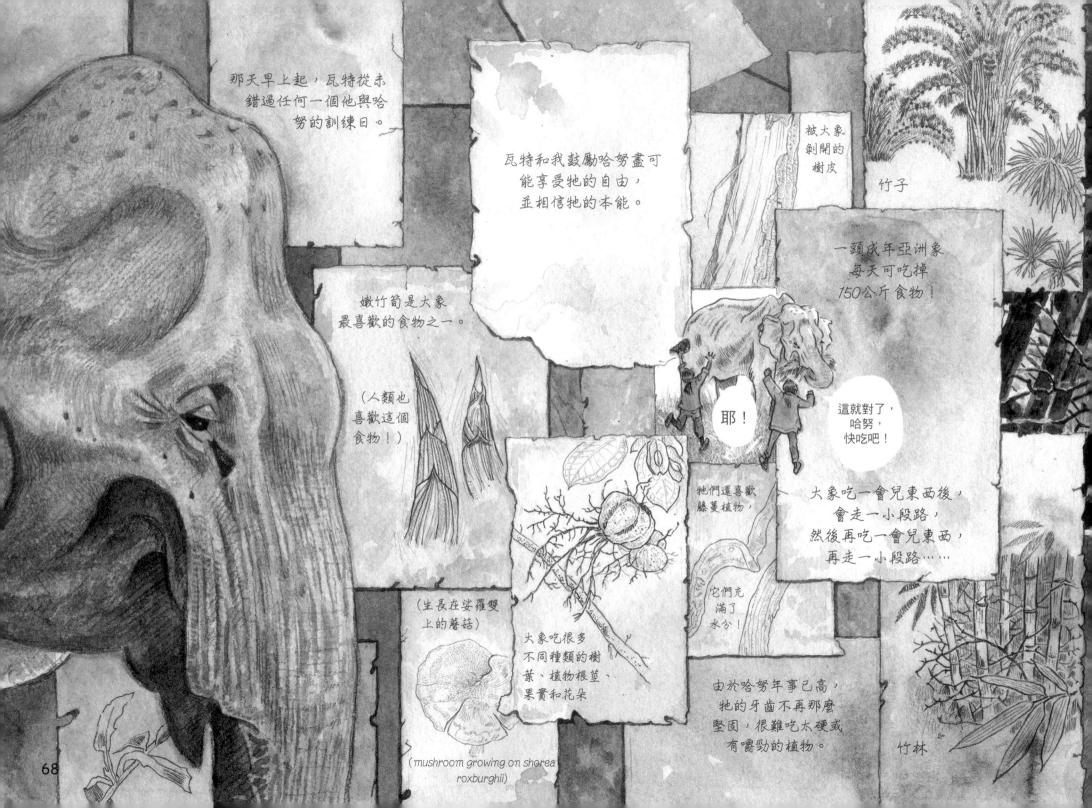

那天早上起，瓦特從未錯過任何一個他與哈努的訓練日。

瓦特和我鼓勵哈努盡可能享受牠的自由，並相信牠的本能。

被大象剝開的樹皮

竹子

一頭成年亞洲象每天可吃掉150公斤食物！

嫩竹筍是大象最喜歡的食物之一。

（人類也喜歡這個食物！）

耶！

這就對了，哈努，快吃吧！

大象吃一會兒東西後，會走一小段路，然後再吃一會兒東西，再走一小段路……

牠們還喜歡藤蔓植物，

它們充滿了水分！

（生長在娑羅雙上的蘑菇）

大象吃很多不同種類的樹葉、植物根莖、果實和花朵

由於哈努年事已高，牠的牙齒不再那麼堅固，很難吃太硬或有嚼勁的植物。

竹林

(mushroom growing on shorea roxburghii)

68

在我們幫助下，
哈努慢慢變得更加強壯，
也更加活躍。

這些水牛從哪裡來的啊？

我要打電話給國家公園管理員，看看牠們的主人是誰！

咻！

這裡是大象保護區！快走開！

有時，我們也得連帶照顧當地人的水牛。

每當哈努找到陰涼處，
牠還是顯得不安，
害怕自己會為了躲避烈日
而遭到毆打。

但是隨著哈努越來
越信任瓦特和我，
牠顯得更加
獨立和滿足。

哦……你看，哈努正在享受滿天星空的夜晚！

Zzzzz

哈努越獨立，瓦特和
我就有更多的空閒去
探索新的動植物。

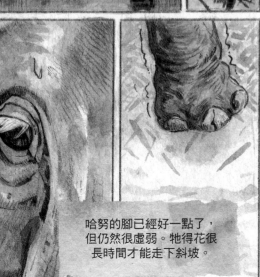

哈努的腳已經好一點了，
但仍然很虛弱。牠得花很
長時間才能走下斜坡。

哇，瓦特！好大一隻蚱蜢

真漂亮！

看！有隻蠍子。

水蛇！

我們是不是要把牠趕走？哈努不喜歡蛇。

快看！

蜈蚣！

黑的發亮！

你看，牠的腳是橘色的？

噁……水蛭！

快離開這裡！

牠們在吸我的血！

牠們站在綠色苔蘚上好顯眼

69

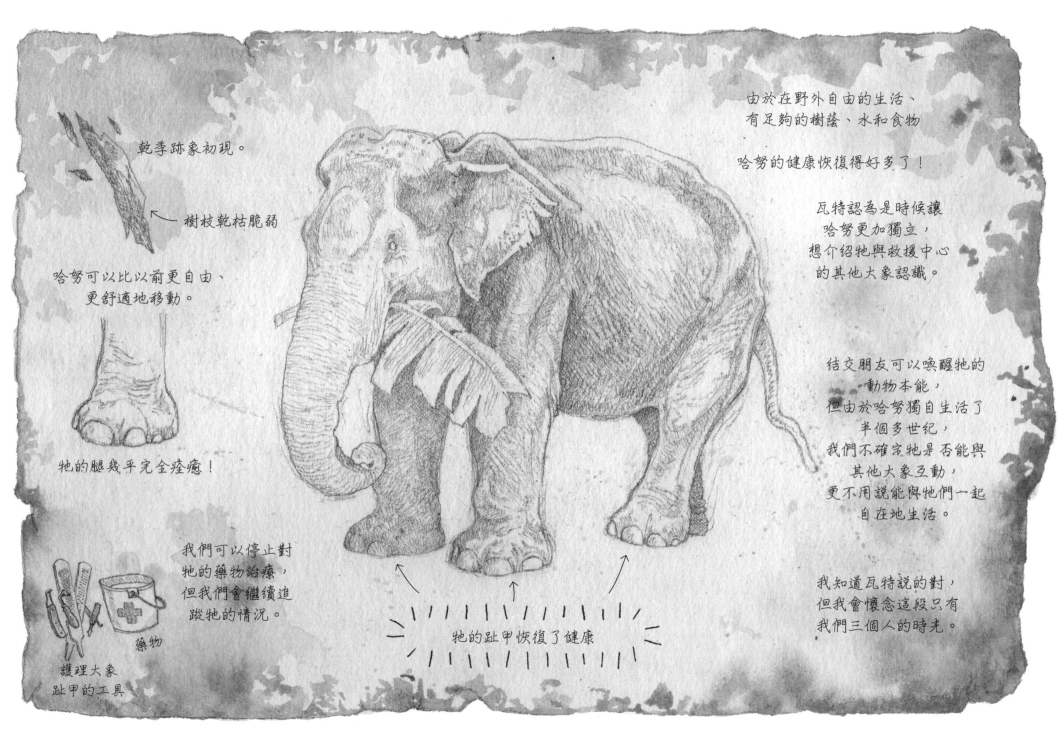

乾季跡象初現。

← 樹枝乾枯脆弱

哈努可以比以前更自由、
更舒適地移動。

牠的腿幾乎完全痊癒！

我們可以停止對
牠的藥物治療，
但我們會繼續追
蹤牠的情況。

藥物

護理大象
趾甲的工具

由於在野外自由的生活、
有足夠的樹蔭、水和食物

哈努的健康恢復得好多了！

瓦特認為是時候讓
哈努更加獨立，
想介紹牠與救援中心
的其他大象認識。

結交朋友可以喚醒牠的
動物本能，
但由於哈努獨自生活了
半個多世紀，
我們不確定牠是否能與
其他大象互動，
更不用說能與牠們一起
自在地生活。

我知道瓦特說的對，
但我會懷念這段只有
我們三個人的時光。

牠的趾甲恢復了健康

第八章

幾天後，狄翁和我帶著
一群遊客進行了一次
友善大象之旅的行程。

我們看到的前兩頭
大象，以及在牠們
旁邊的象夫，他們
本來都是做騎大象
的生意，後來加入
動物救援中心的大
象友善旅遊計畫。

牠們朝這邊來了！我們讓路給牠們，
看看牠們要去哪裡？

瞧！牠們
在分享
食物！

我們總是確保遊客與大象
保持安全距離。

看看其他的大象！你可以看到邦卡姆、伊坤和哈布洛。還有高大的邦肯……

那邊是他們的象夫！

嗨，各位！

你好！

你好！

小嬋

為什麼那隻大象看起來很悲傷？

牠為什麼不和其他大象一起待在水裡？

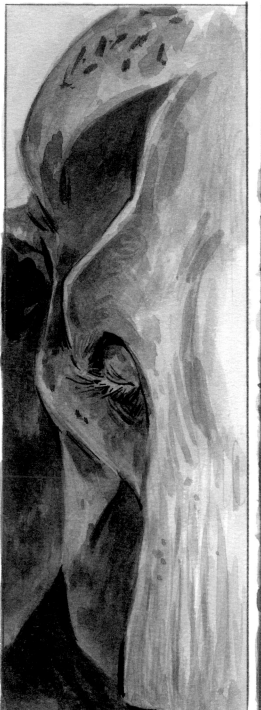

這時邦卡姆這
頭友善的大象
朝哈努走了過
來……

82

嘶……嘶！

第九章

乾季來臨時，食物和水都
變得稀少。令人欣慰的是
哈努和其他大象成為
朋友，所以我們知道
牠得到了照顧。

儘管哈努對我們的依賴減少了，
狄翁、瓦特和我卻突然變得
比以前更忙碌了。

除了在救援中心要做的所有事情之外，
我們三個人決定展開一個嶄新的
大象教育計畫……

我們會去附近的
城鎮，和那裡的居
民談談與野生大象
如何安全的互動。

我承認，
我們的教學方式
有點……不尋常。

由於人類砍伐森林的行為，使大象失去了棲息地。

無處可去的野生大象會來到村子尋找食物。

瓦特、狄翁和我想運用這嶄新的計畫，
幫助當地人練習如何安全地嚇跑大象。

許多與我們合作的象夫就住在這些村莊裡。
他們終於有了穩定的收入來照顧家庭，
同時又不需要虐待大象。一位象夫對我說：「我現在的工作
就是看顧大象。健康的大象，意味著健康的人類」。

咘！

乒乒！

鏘！

吁吁！

瓦特？
這不是非洲
象嗎？

噓，小嫦，
只有你注意到

呼呼！

人們為了保護莊稼和財產，
是可以把大象趕跑的，但我
們希望確保他們遵守法律並
考慮安全——為了他們
自己，也為了大象好。

這些方法包括使用噪音、強光、
小心控制的火苗，或燃燒辣椒粉
或胡椒的難聞氣味。

✗ 禁止使用爆裂物，如炸彈、
槍支或有毒化學品，這是非
法的。

就在我們的計畫開始起飛的時候，
動物救援中心拯救了兩頭小象。

年僅三歲的戈迪掉進了森林外的
一口淺井裡，出不來。

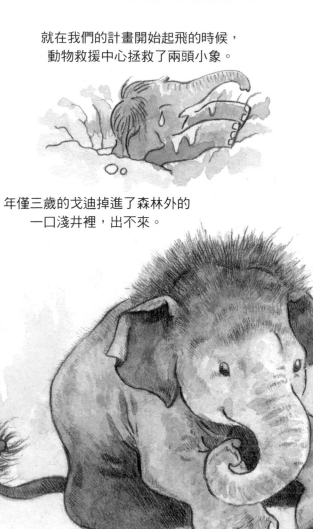

一隻年約五、六歲的小俊被
陷阱夾住，牠的左前腿
和象鼻嚴重受傷。
如果我們沒有及時趕到，
牠很可能會死於這些傷勢。

不過，多虧有
獸醫和照護人員，
在其努力照顧下，
牠們都已康復！

戈迪年紀雖小，
但精力充沛！
牠跑得飛快，
喜歡和牠的照顧者
玩鬼抓人。

如果戈迪是
馬拉松跑者……

……那麼小俊就是
一名相撲選手。

雖然牠的腿還沒有完全痊癒，
但小俊的力氣大得出奇。

還有天大的好消息：我曾向一群小學生介紹過一頭載客的、
生病的大象，塔諾，牠終於被帶到中心接受治療！
我們希望能說服牠的象夫，讓牠也加入我們的大象退休計畫。

糞便的外觀良好

表示消化系統

哈努結交了一些朋友。

牠的腳已經完全痊癒！

即使收容了新救助的動物，我仍喜歡關注哈努和其他大象……

牠和另一頭年長的大象哈布洛喜歡一起分享食物。

哈努不再神經緊繃，也結交了其他大象朋友

哈努的招牌姿勢

能夠正常進食和自由走動，哈努變得更圓潤了。

牠看起來比以前健康多了。

牠有充足的飲食，和其他大象散步及玩要，使牠變得更強壯了。

哈努想吃就吃，想睡就睡

牠學會了享受自由

活出自己

我們還招募了許多新志工。

我們可以整天談論健康的大象的便便，真是神奇！

噗！

嘻嘻，
那頭大象
剛放屁了！

哈哈！
聽起來就像
電影裡的
外星人！

牠不再搖搖晃晃
一而是開心的
搖擺！

快樂的大象

幸好哈努長更壯了，因為
食物和水變得更加缺乏。

隨著乾季的到來，落葉樹
掉光了葉子，像這樣的大
水坑就更難找到了。

真有你的，哈努！

感謝友善大象之旅！

在野外觀察大象是一次奇妙的經歷！
我們祝福所有象夫和大象健康快樂！

拒絕
騎乘大象

大象
屬於
野外的動物

不要
購買象牙

不要購買
用大象所製
的相關產品

93

第十章

事情突然急轉直下……

而且情況十分不樂觀。

這個乾季比往年更熱，
大火肆虐，遍佈森林各處。

為了減緩這些火勢
的蔓延，公園管理員
清除了乾草和倒木，

護林員還焚燒了一些地區，
以建立長條狀的
「防火道」。希望能
阻止大火的火勢蔓延。

許多火災是自然的
原因引起的，如酷
熱的溫度或閃電。

但有些則是人類採用刀
耕火種的方式造成的，
即利用燒毀大片森林來
開墾土地。

Covid-19疫情開始
肆虐時……

我們的大象友善之旅，原是瓦特
這樣的象夫的主要收入來源，
大流行病對他們的生計造成了
嚴重影響。

許多大流行病
始於人類食用
動物，使病菌
從動物傳染給
人類。

及任何容易引發火勢
的東西。

……全世界進入
了封鎖狀態。

在此期間，我們還發現了一些冒充大象救援中心的機構。

和我們一樣，他們也會帶領遊客外出健行，
觀察在森林裡的大象。
但之後他們會讓遊客騎在大象身上與牠們合影，
給牠們洗澡和餵食。

新冠肺炎發生的高峰期，沒有了遊客，
為了節省開支，他們讓這些大象挨餓了許多，
最後才把牠們交還給原來的主人。

小嬋在讀什麼？
她看起來真嚇人……

噓，別讓她聽見！
我們剛剛發現有人
假冒救援中心行騙。

這天正巧是
5月21日，
越南的
巡護員日。

很少有人
知道這一天，
除了我們！

至少
我們的家人記得，
這樣就有意義了！

對了！我的小
女兒畫了我和
大象的圖畫。

即使事情變得
很有壓力，但
我和瓦特至少
有一件快樂的
事可以分享。

哈努怎麼樣了，
瓦特？
我好久沒見到
哈努。

儘管大象的食物
匱乏，但你肯定
會感到驚訝……

即使季節轉變，
哈努知道牠需要怎麼做
才能生存下去。

沒有樹葉吃的時候，
哈努就尋找樹根、藤蔓和樹幹。
她喜歡用泥巴洗澡
降溫，保護皮膚
免受烈日暴曬。

哈努對牠的
泥坑和水坑很挑剔。
瓦特說，牠口渴的時候
會在水坑裡挖洞，
把水坑挖深一點。
然後牠會把所有的
泥巴挖出，然後等待
雜質沉澱到底部。牠很有耐心，
只有當水變得清澈後，牠才會喝水。

哈努擅長
尋找富含
礦物質的土壤
來吃。但是牠並
不貪心──牠喜歡與
年輕的大象分享。

野生大象通常是站著睡覺，
哈努喜歡折斷樹枝
打造一個舒適的窩休息。

我和瓦特一致認為，哈努不論是看起來或是行為上，都與我們救回來那隻受傷、害怕的大象完全不同了。

啪！

啪！

放鬆

開心

活力滿滿

無憂無慮

果斷

99

哈努也會
回饋給
大自然！

大象糞便……

……神奇的
「一堆」。

這為乾季
帶來了
生機。

而且……

……還有雨季
也受益。

第十一章

公象的圍欄與母象的有很大的不同，對吧？

的確！公象比母象更加精力充沛也更具攻擊性。

一天，我和瓦特決定前往森林裡，拜訪兩頭公象，牠們是安安和康康。

牠們兄弟倆從小被人類抓去接受訓練，讓遊客騎大象。

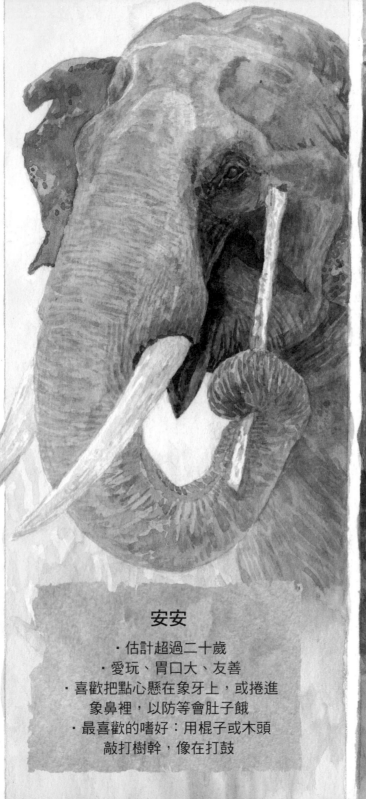

安安

· 估計超過二十歲
· 愛玩、胃口大、友善
· 喜歡把點心懸在象牙上，或捲進象鼻裡，以防等會肚子餓
· 最喜歡的嗜好：用棍子或木頭敲打樹幹，像在打鼓

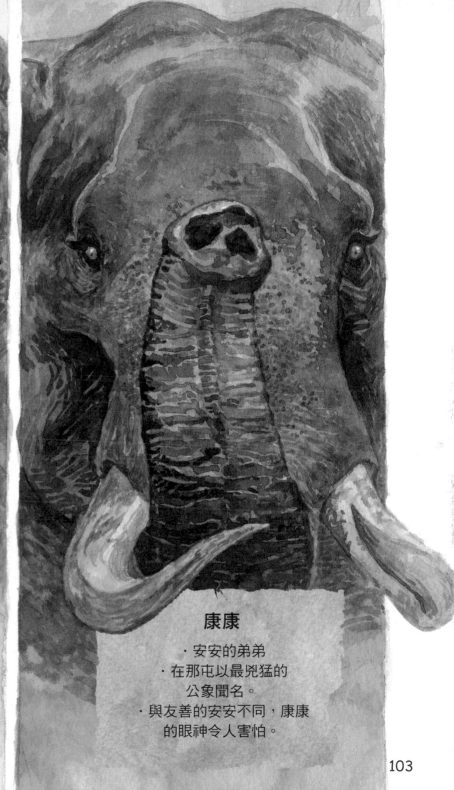

康康

· 安安的弟弟
· 在那屯以最兇猛的公象聞名。
· 與友善的安安不同，康康的眼神令人害怕。

103

象夫告訴我們，最近有
一頭年輕的野生公象闖入了
康康和安安的區域。

這頭年輕小象和康康打了起來，
直到小象最後認輸。

公象在12至15歲時會脫離象群，
獨立生活、而母象則會繼續與母親和外婆在一起。
公象會獨自遊蕩，或與其他公象結伴而行。
年長的公象會帶領這些象群，
而年輕的公象則會向牠們學習重要的生存技能。

一隻獨行的十幾歲的公象，很容易被激怒。

我們必須找到牠，
以確保牠不會攻擊母象或
跑進附近的村莊。

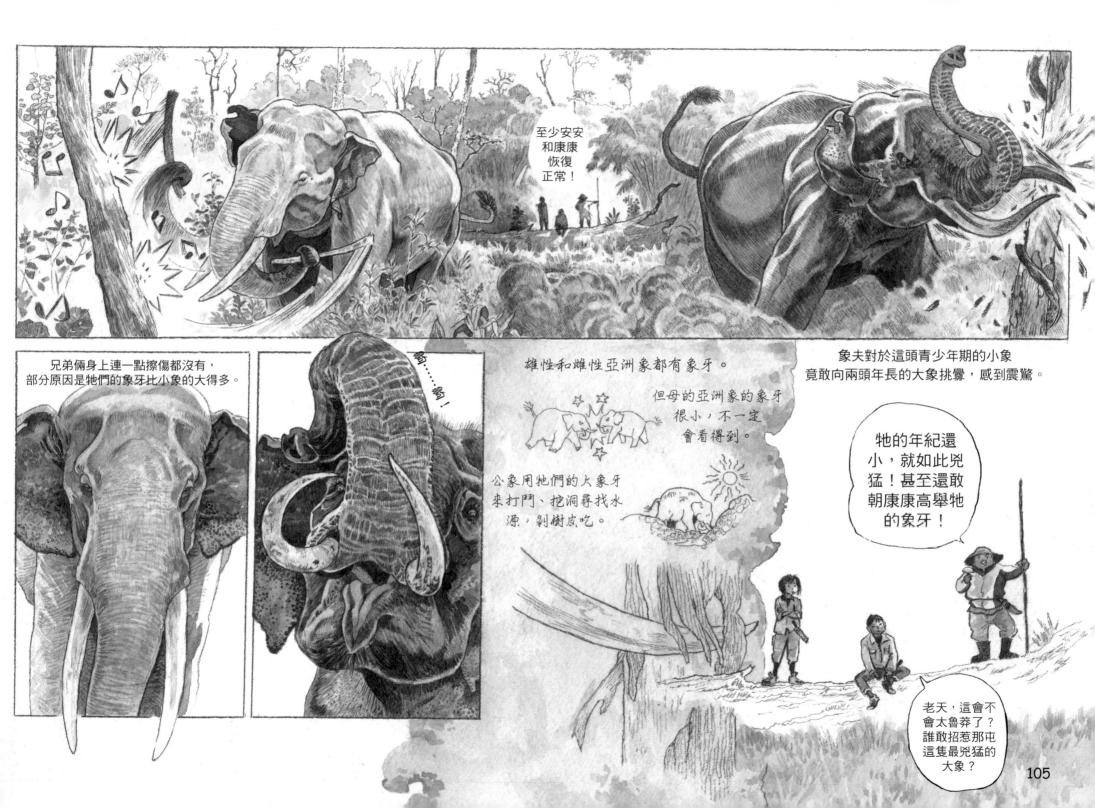

至少安安和康康恢復正常！

兄弟倆身上連一點擦傷都沒有，部分原因是牠們的象牙比小象的大得多。

嘗……嘗！

雄性和雌性亞洲象都有象牙。

但母的亞洲象的象牙很小，不一定會看得到。

公象用牠們的大象牙來打鬥、挖洞尋找水源，剝樹皮吃。

象夫對於這頭青少年期的小象竟敢向兩頭年長的大象挑釁，感到震驚。

牠的年紀還小，就如此兇猛！甚至還敢朝康康高舉牠的象牙！

老天，這會不會太魯莽了？誰敢招惹那屯這隻最兇猛的大象？

105

康康感到氣炸了，
直接跳到小象面前，
狠狠地教訓了牠一頓。

小象的象鼻在打鬥中被
削去了一塊肉，象夫
決定叫牠庫蘇特
（「小缺」）。

幸好，牠設法
逃跑了……

嗯

糟了！牠
跑進了哈努
的區域！

一頭好鬥的年輕小象
與康康打過架，
並活了下來……

……現在
竟朝哈努那兒
去了？！

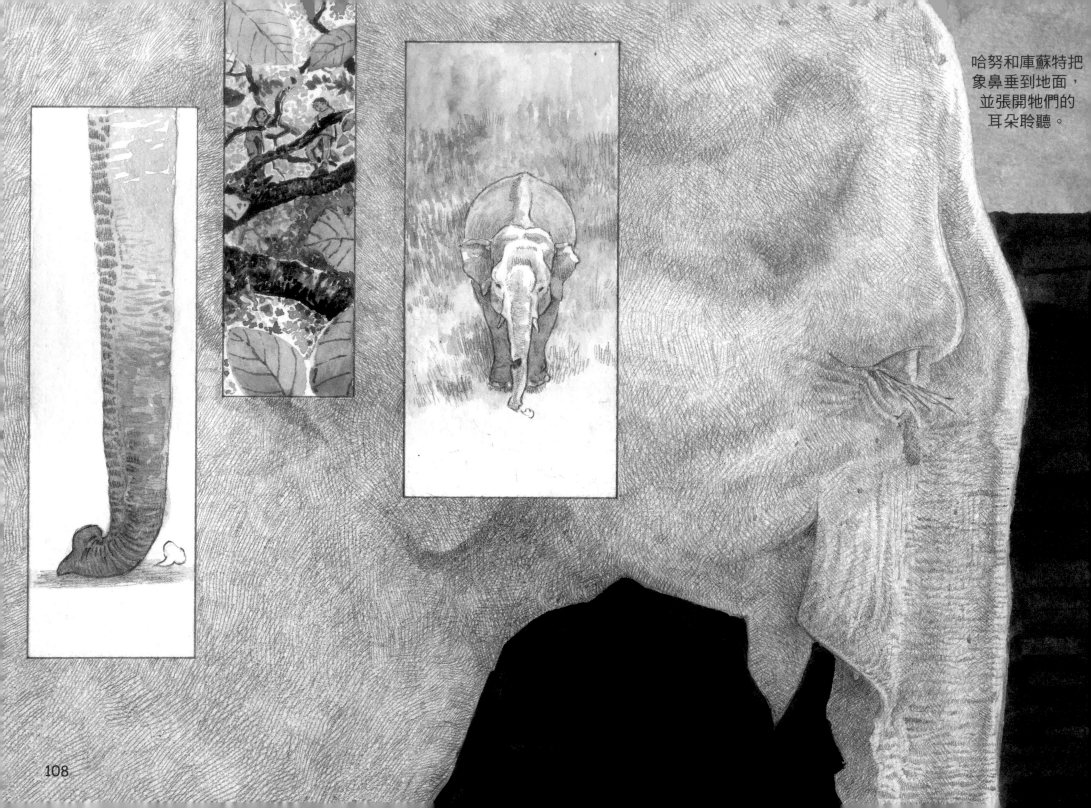

哈努和庫蘇特把
象鼻垂到地面，
並張開牠們的
耳朵聆聽。

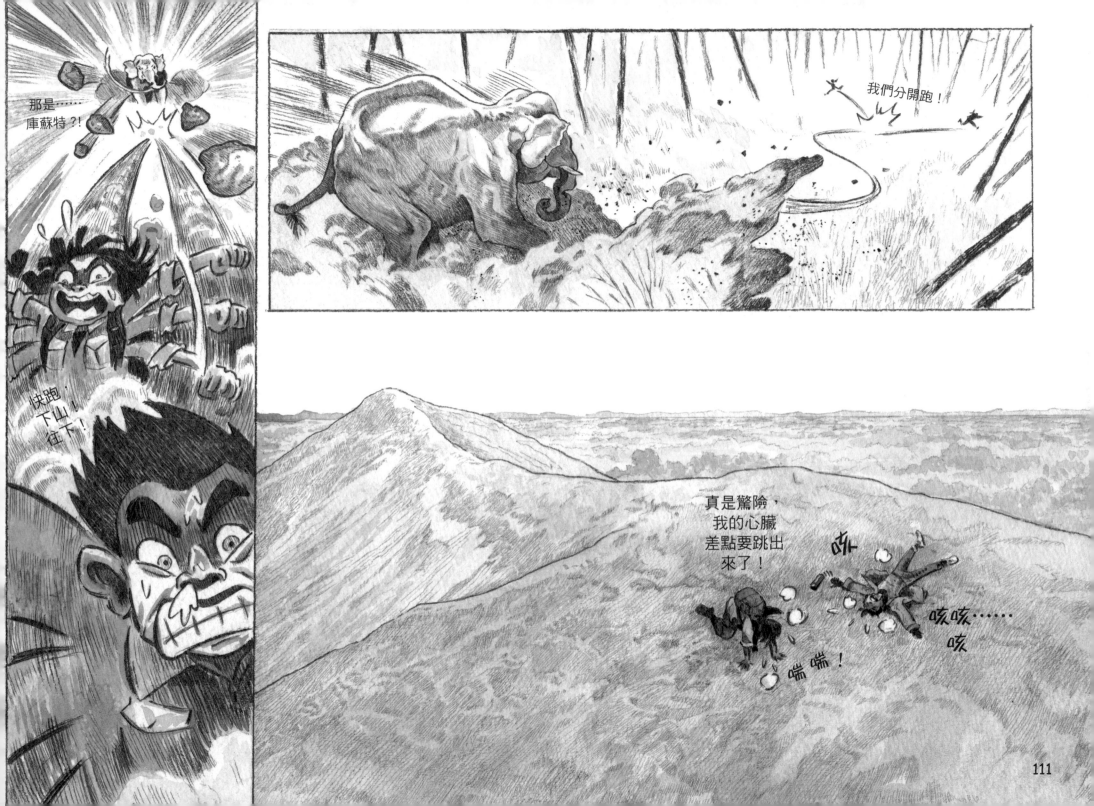

那是……
庫蘇特?!

快跑，
下山，
往下！

我們分開跑！

真是驚險，
我的心臟
差點要跳出
來了！

咳咳……
咳

喘喘！

咿

由於庫蘇特四處亂跑，瓦特和我自己去找哈努會太過冒險。於是我們找來狄翁和其他巡護員組成了搜索隊。

我們來來回回找了一上午但沒找到牠們。

你是不是碰到含羞草，被刮傷了？

我全身都是！

我們希望牠們不會迷路，誤入村莊或農田。

突然間……

是大象！野生大象！

媽呀！

往下跑！

快往下跑！

第十三章

我們終於找到牠們！
哈努正在站崗，好讓
庫蘇特可以安然入睡，
牠像母親那樣
照顧著牠的孩子。

哈努的18個月滿期後、
我們實在不忍心
讓牠回到原來的主人身邊。

我們用照片向他展示哈努在新生活中
過得多麼快樂和健康。

我們中心甚至願意付給他，
哈努替他賺取的騎大象收入。

我遞給他一份合約。
如果他簽下合約，
哈努就可以在中心度過餘生。

牠再也不會被毆打，
也不會再被強迫工作。

我們三人屏息以待……

〔吸鼻子〕
我得打電話給中心。
我們要〔嗝——〕
慶祝一下！〔抽噎〕

噁，為什麼合約這麼濕？

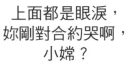

上面都是眼淚，
妳剛對合約哭啊，
小嬥？

我叫小嫦。

我是野生動物保育員。

我的使命是幫助哈努，
替牠找一個善良與愛牠
的象夫。

並確保牠能平靜地生活
在保護區。

120

但哈努讓我們所有人為之驚奇，
牠為自己創造了全新的生活！

終曲

吉特‧茲東的感謝辭

《大象哈努》的創作靈感源自真實事件和人物。然而，它既不像紀錄片，也不是報導作品，因為其中的許多細節都美化過一些；在這裡，虛構和非虛構融為一體。這本書花了很長時間才成型，比大象媽媽懷孕的時間還長。從我和同事們開始著手這個計畫到現在，已經過去了三個乾季。《大象哈努》一書得到了這些心地善良、充滿熱情和才華橫溢的人們的全力支持，在此我將向他們表示感謝：

野生動物保育人士阮莊（Trang Nguyen）：

　　阮莊發掘了哈努和瓦特的精彩故事；多虧了她，一個鼓舞人心的故事才得以誕生。她細心地安排我和我的助手與大象專家進行實地考察，並就我和我的助手所收集的科學資料精準地提出建議，充分體現了她的體貼。

狄翁‧斯拉格特（Dionne Slagter）：

　　我們見面時，她是亞洲動物福利基金會的專案經理。多虧了狄翁和她的志工,艾略特‧卡爾（Elliot Carr），我才學會了如何描述大象在野外的自然行為。狄翁盡力讓我和我的助手們體驗並擴展我們對那屯國家公園裡的大象知識。

瓦特：

　　是一位可愛、熱情的象夫，對森林路線瞭若指掌。只要有大象的地方，他都會想辦法帶我們去，替我們講解大象的知識和當象夫的職責。我們與瓦特、象夫阿泰和巡護員阿東一起尋找哈努和庫蘇特的旅程，是一次難忘的經歷。

「龜類專家」—野生動物保育者阮蘇翠（Nguyen ThuThuy）：

　　她指導我和助手高月姮（Nguyet Hang）如何尋找夜行性動物。她還為我們提供了雨季時那屯的影像資料、夜行性動物以及有關龜類的相關知識。

藝術家高月姮／墨池門（Nguyet Hang）：

　　如果沒有她拍攝的鏡頭和紀實照片，我們就不可能如此生動地將那屯描繪出來。在與不是說越南語的專家溝通時，她充當了我的翻譯，並調整了書中某些頁面的顏色，幫我一起集思廣益，以及為封面繪圖。

藝術家芳安／潘（Phuong An）：

　　她確保我和姮收集資料的過程順利進行。同時，她還幫助我翻譯由大象專家修定的知識。

藝術家玉煥（Ngoc Hoan）：

　　她協助我畫植被的部分。玉煥用鉛筆和水彩筆繪製的圖片非常細緻和準確。此外，她還負責一些頁面的色調，並為故事結構提供解決方案。

繪者黃龍（Hoàng Long1）：

　　他是我的得力助手，負責繪畫、收集照片和有關那屯國家公園厚生植物的知識素材。他幫助我加快本書的完成，使我在繪製背景時更加輕鬆。

譯者黃維（Hoàng Duy）：

　　黃維在德國忙於撰寫論文，時間安排很緊湊，但他仍然盡力撥空，盡可能協助細緻地翻譯這本書。當我需要與英國的出版社溝通時，他還是我的翻譯。

設計師林潘（Linh Phan）：

　　林潘全心協助本書製作設計相關工作。她與我合作設計了越南語版本的封面，並在編輯過程中協助我和黃維，與英國出版社的合作。

編輯麗莎‧愛德華茲（Lisa Edwards）和編輯蘿西‧艾哈邁德（Rosie Ahmed）：

　　她們是非常體貼和富有耐心的編輯，為我提供了絕佳的建議，使作品更加完善，更適合西方讀者。

在此感謝你們所有人！

吉特‧茲東（Jeet Zdung）

推薦文

黃宗潔（東華大學華文文學系教授）

快問快答：提到越南，你會想到什麼？多數人直覺浮現的答案，恐怕不會是大象。或者反過來問，提到大象，你會想到哪個國家？越南應該也不會是排行榜上第一名的答案。但這兩者的交集，正是野生動物保育員阮莊（Trang Nguyen）與繪者吉特・茲東（Jeet Zdung）再次攜手合作，呈現給讀者的動人故事。故事的背後，則是一頁許多人或許仍感陌生的越南動物文化史。

在越南目前僅存的約一百頭野生象當中，《大象哈努》的故事背景「那屯國家公園」是大象數量最多的地方。阮莊化身為故事中的小嫦，與國家公園野生動物救援中心的狄翁、象夫瓦特，一同改寫了四歲就被人類捕捉、長期受虐的老象哈努的餘生。儘管現實生活中的哈努已因年邁與舊傷而離世，但透過本書，讀者不僅能對越南豐富的動植物及落葉林生態系有所認識，也能看見以營利為主的大象騎乘、因生活環境重疊而不時發生的人象衝突，在艱難中仍有改變的可能。

而本書最令人難忘之處，除了阮莊與茲東對哈努如何從一隻充滿恐懼、連站在陰影下躲避日曬都擔心被毒打的受虐動物，逐漸打開心房、放鬆下來的過程，進行了肢體、表情與行為的細緻刻劃，也在於那些象夫的轉變。其中一位象夫說：「健康的大象，意味著健康的人類。」這並非典型的人類中心主義式，「有健康的地球，才能有助於人類好好生存」的句型，相反地，他表達的是，當一個人不再需要用虐待的方式與動物互動，他才能讓過往在長期剝削動物的機制中逐漸麻木的心，重新甦醒過來。而對於越南最後的象群，以及所有休戚與共的生物來說，想要健康地活下去，需要更多這樣的聲音。希望每一個打開《大象哈努》的讀者，都能成為聲音的一部分。

推薦語

黃宗慧（臺灣大學外文系教授）

如果你曾經認為騎乘大象算不上什麼虐待，一定要看看《大象哈努》。如果你本來就知道「動物不是娛樂」，更不能錯過這本書。小嫦和夥伴們救援亞洲象哈努歷程中的種種，基本上反映出這部微型的野生動物剝削史曾如何遭到漠視，也揭露了牠們變成人類坐騎的過程中，到底被剝奪了什麼。把「工具」還原為（牠們本來就是的）生命來看待，是作者的殷殷企盼。相信也會是每個被此書感動的讀者，願意認同的目標。

作者介紹

阮莊（Trang Nguyèn），越南野生動物保育員、環保人士和作家，以處理非洲和亞洲非法野生動物貿易而聞名。莊在英國肯特大學(University of Kent)取得生物多樣性管理(Biodiversity Management)博士學位，針對亞洲傳統醫藥以動物入藥的部分，研究其對非洲野生動物的影響。2018年，莊與珍·古德（Jane Goodall）一起參與紀錄片《殺害買賣：犀牛角之戰》（Stroop: Journey into the Rhino Horn War）拍攝。2019年，她入選英國廣播公司（BBC）的「百大女性名單」。2020年，她榮登富比士「亞洲30歲以下傑出青年」。莊是非政府組織WildAct的創辦人兼執行長，該組織負責監控非法野生動物的交易市場，並為越南青年提供保育的教育課程。她還是國際自然保育聯盟／物種存續委員會的熊類專家小組（IUCN SSC Bear Specialist Group）成員，該組織致力於熊的保育工作。著有《守護馬來熊的女孩：再見，索亞！以信念燃亮夢想的旅程》。

繪者

吉特·茲東（Jeet Zdung），本名Nguyen Tien Dung，是漫畫家，也是插畫家。生於1988年越南峴港，於河內市長大。他主要為四歲以上的讀者創作，包含寫作與書籍繪圖。他創作的形式相當多元，包括漫畫（無字漫畫及有文字的）、圖像小說和圖文書，創作主題經常描寫對大自然的各種探險與觀察，也包含對民間美術、體育、兒童與野生動物的描繪。

畫風多樣，從真實的細部描繪到卡通、漫畫以及將越南傳統藝術與日本連環漫畫融合等都有，依據不同內容而定。舉凡水彩紙、和紙、畫布、漫畫筆、墨汁、壓克力顏料等，都是他喜歡的創作工具與素材。他與野生動物保育員阮莊合作繪製的作品都受到高度好評，繪有《守護馬來熊的女孩》（獲2023年英國YOTO卡內基插畫獎）及這本新作《大象哈努》，廣受喜愛。

AnimalsAsia

菓子
Götz Books

· Leben

大象哈努：奔向自由的旅程

作　　者　阮莊（Trang Nguyen）
繪　　者　吉特‧茲東（Jeet Zdung）
譯　　者　盧相如
審　　校　鍾慧元
主　　編　邱靖絨
排　　版　菩薩蠻電腦科技有限公司
封　　面　萬勝安
總　　編　邱靖絨
印　　務　江域平、李孟儒
出　　版　菓子文化／遠足文化事業股份有限公司
發　　行　遠足文化事業股份有限公司
地　　址　231 新北市新店區民權路 108 之 2 號 9 樓
電　　話　02-22181417
傳　　真　02-22181009
Ｅｍａｉｌ　service@bookrep.com.tw
郵撥帳號　19504465 遠足文化事業股份有限公司
客服專線　0800221029
印　　刷　凱林彩印股份有限公司
定　　價　630 元
初　　版　2024 年 5 月
法律顧問　華洋法律事務所　蘇文生律師

Saving H'Non: Chang and the Elephant
First published 2023 by Macmillan Children's Books, an imprint of Pan Macmillan
Copyright © Trang Nguyen, 2023
Illustration Copyright © Jeet Zhung, 2023
This edition arranged with MACMILLAN PUBLISHERS INTERNATIONAL LIMITED
through BIG APPLE AGENCY, INC., LABUAN, MALAYSIA.
Complex Chinese copyright@ 2024 by Götz Books, an imprint of Walkers Cultural Enterprise Ltd.
All rights reserved.

國家圖書館出版品預行編目 (CIP) 資料

大象哈努：奔向自由的旅程 / 阮莊 (Trang Nguyen) 著；吉特 ‧ 茲東 (Jeet Zdung) 繪；盧相如譯 . -- 初版 . -- 新北市 : 菓子文化，遠足文化事業股份有限公司，2024.05
　　面；　公分
譯自：Saving H'non：Chang and the Elephant
ISBN 978-626-98185-0-1(精裝)

868.359　　　　　　　　　　　　　113003026

特別聲明：有關本書中的言論內容，不代表本公司／出版集團的立場及意見，文責由作者自行承擔。
歡迎團體訂購，另有優惠，請洽業務部 (02)2218-1417
分機 1124、1135